COLLECTION DE M. ALBERT C...

TABLEAUX ANCIENS

DES ÉCOLES FLAMANDES ET HOLLANDAISES

VENTE HOTEL DROUOT, SALLE N° 8

Le Mardi 29 Mars 1887

A DEUX HEURES ET DEMIE

EXPOSITIONS PUBLIQUES

Les Dimanche 27 et Lundi 28 Mars 1887

DE UNE HEURE ET DEMIE A CINQ HEURES

Me ESCRIBE
COMMISSAIRE-PRISEUR
6, rue de Hanovre

MM. HARO FRÈRES
PEINTRES-EXPERTS
14, rue Visconti et 20, rue Bonaparte

1887

9252 — BOURLOTON. — Imprimeries réunies, A, rue Mignon, 2, Paris.

CATALOGUE

DES

TABLEAUX ANCIENS

DES ÉCOLES FLAMANDES ET HOLLANDAISES

COMPOSANT LA

Collection de M. Albert C...

DONT LA VENTE AURA LIEU

HOTEL DROUOT, SALLE N° 8

Le Mardi 29 Mars 1887

A DEUX HEURES ET DEMIE

EXPOSITIONS PUBLIQUES

Les Dimanche 27 et Lundi 28 Mars 1887

DE UNE HEURE ET DEMIE A CINQ HEURES ET DEMIE

Me ESCRIBE	MM. HARO FRÈRES
COMMISSAIRE-PRISEUR	PEINTRES-EXPERTS
6, rue de Hanovre	14, rue Visconti et 20, rue Bonaparte

1887

CE CATALOGUE SE DISTRIBUE

A PARIS, CHEZ

Me ESCRIBE	MM. HARO Frères
COMMISSAIRE-PRISEUR	PEINTRES-EXPERTS
6, rue de Hanovre	14, rue Visconti et 20, rue Bonaparte

CONDITIONS DE LA VENTE

Elle sera faite au comptant.

Les acquéreurs payeront *cinq pour cent* en plus du prix d'adjudication.

TABLEAUX ANCIENS

DÉSIGNATION

ARTHOIS (Jacques d')

1 — Paysage : Lisière de forêt.

Une route, ombragée de grands arbres, longe un torrent; dans le fond, on aperçoit les premières maisons d'une ville ; à l'horizon, des collines boisées.

Diverses figures animent cette composition.

Bon spécimen du maître.

Signé en bas en toutes lettres *Jacques d'Arthois*.

T. — H., 0,60. L., 0,70.

ASCH (P. Van)

2 — Lisière de forêt.

A droite, une route, avec plusieurs figures; à gauche, un pont; plus loin, une plaine et une ville à l'horizon.

Signé à droite.

B. — H., 0,54. L., 0,74.

AVERCAMP (Henri)

3 — L'Hiver. Chasse aux canards. Vue prise en Hollande.

Au premier plan, un chasseur agenouillé sur la neige, ayant son chien près de lui, ajuste des canards; sur la rivière gelée, de nombreux patineurs.

Signé du monogramme en bas du mât.

B. — H., 0,23. L., 0,31.

BEERSTRAATEN (J.)

4 — Vue d'Anvers prise de l'Escaut.

Signé à gauche sur un pavillon.

B. — H., 0,26. L., 0,34.

BEERSTRAATEN (J.)

5 — Vue de Dordrecht.

Pendant du précédent.
Signé à gauche sur une balise.

B. — H., 0,26. L., 0,34.

BISET (C.-E.)

6 — Vanité des choses humaines.

Signé en bas, à droite.

B. — H., 0,45. L., 0,35.

BISET (C.-E.)

7 — Vénus et Adonis.

Signé en haut, à gauche.

T. — H., 0,40. L., 0,51.

BLOEMAERT (A.)

8 — Paysage.

B. — H., 0,32. L., 0,28.

BOTH (Jean)

9 — Vue prise en Italie.

Étude d'après nature.

B. — H., 0,24. L., 0,22.

BRAUWER (Adrien)

10 — Chanteur et Fumeur flamands.

B. — H., 0,23. L., 0,145.

BREEMBERG (Bartholomeus)

11 — Le Bain. Paysage avec figures.

Signé à gauche du monogramme et daté.

B. — H., 0,37. L., 0,30.

CODDE (Peter)

12 — Scène d'intérieur.

Deux cavaliers en costume Louis XIII causent avec une jeune femme, vêtue de noir, assise auprès d'une table.

Belle exécution.

B. — H., 0,30. L., 0,23.

DUSART (C.)

13 — Bergers. Étude de figures.

Signé en haut du monogramme et daté.

B. — H., 0,09. L., 8,145.

FRANCK

14 — La Présentation au Temple.

La Vierge tient l'Enfant Jésus auquel sainte Élisabeth et saint Jean-Baptiste offrent des fruits; près d'eux, saint Joseph; à gauche, le grand prêtre et divers assistants et, dans le bas du tableau, la figure symbolique de l'Agneau pascal.

Cuivre. — H., 0,50. L., 0,61.

FRANCK

15 — L'Adoration des Mages.

Cuivre. — H., 0,27. L., 0,36.

GOYEN (Jan-Van)

16 — Vue de Dordrecht.

La ville de Dordrecht est considérée comme la plus ancienne de la Hollande. La vue est prise des hauteurs derrière la ville. On aperçoit les remparts et la vieille église, dont la tour principale n'avait pas encore été diminuée ; dans le fond, la Meuse ; au loin, la campagne. Au premier plan une voiture, des paysans et des bestiaux.

Ciel nuageux.

Signé à gauche et daté 1636.

T. — H., 1,00. L., 1,37.

GOYEN (Van)

17 — L'Approche de l'orage.

Au premier plan, plusieurs personnages assis sur un tertre ; dans le fond, un bouquet de bois au milieu duquel on entrevoit un village.

B. — H., 0,215. L., 0,28.

HEEMSKERK

18 — Intérieur de tabagie.

Plusieurs buveurs sont assis autour d'une table; au fond, un joueur de violon.

Cet artiste a excellé dans le genre burlesque. Il s'est souvent représenté dans les tableaux qu'il a peints.

Signé du monogramme sur le banc à droite.

T. — H., 0,36. L., 0,30.

HEIL (Daniel Van)

19 — Incendie d'une ville.

C. — H., 0,16. L., 0,255.

HEYDEN (Van der le Fils)

20 — La place du Dam. Vue prise à Amsterdam.

A gauche, le vieux palais; à droite, la vieille église et diverses maisons. De nombreux personnages en costume Louis XV, très délicatement peints, animent cette reproduction fidèle de la place principale d'Amsterdam et nous renseignent sur les mœurs et les costumes de l'époque. C'est un véritable tableau document.

Dans les catalogues et les biographies des peintres, on ne parle que de Jean Van der Heyden le père, pourtant il ne peut y avoir aucun doute sur l'existence d'un second Jean Van der Heyden, fils du premier. Ils ont publié ensemble un livre illustré sur les pompes à incendie, dont Van der Heyden le fils avait fait presque tous les dessins. Outre les pompes à incendie, le père avait inventé les réverbères tels qu'on les voit encore de nos jours, comme on peut le constater sur notre toile.

Derrière le tableau, nous trouvons la description suivante, extraite d'un ancien catalogue :

« N° 78. — Cet admirable tableau, que l'on « doit classer au nombre des plus capitaux de « ce maître, offre un point de vue de la ville

« d'Amsterdam, enrichie de divers monuments « situés près d'un canal, parmi lesquels est « une église de la plus riche architecture, « éclairée par les rayons du soleil et adossée à « un autre édifice, bâti en briques, que l'artiste « a peint dans un ton de demi-teinte, ce qui « forme un contraste et fait ressortir le bâti- « ment, qui reçoit le foyer de lumière. »

Ce tableau provient de la collection de Mgr le prince de Talleyrand.

T. — H., 0,50. L., 0,62.

KNIBBERCH (FRANÇOIS DE)

21 — Paysage.

A gauche, une rivière, près de laquelle on aperçoit des baigneuses ; dans le lointain, sur la hauteur, un vieux château fort.

Exécution et conservation remarquables.

Signé en bas du tableau.

B. — H., 0,46. L., 0,72.

KOBELL (JEAN dit *le Vieux*)

22 — Animaux au pâturage.

B. — H., 0,12. L., 0,10.

MEERT (Pierre)

23 — Portrait d'homme vu à mi-corps.

Il est représenté debout, vêtu d'un costume noir; une main, placée sur sa poitrine, et l'autre sortant du manteau.

Dans l'angle supérieur de gauche, on lit:

Æ: SVÆ: 86.

et plus bas le monogramme de l'artiste.

A° 1661.

B. — H., 0,80. L., 0,64.

MEERT (Pierre)

24 — Portrait de Diane vue à mi-corps.

Elle est représentée debout, vêtue du costume du temps.

Pendant du précédent.

Dans l'angle supérieur de gauche, on lit:

Æ. SVÆ: 70.

et plus bas le monogramme de l'artiste.

A° 1661.

B. — H., 0,80. L., 0,64.

MEULEN (Van der)

25 — Choc de cavalerie.

Bataille entre les Français et les Impériaux. Signé à droite et daté 1660.

B. — H., 0,47. L., 0,56.

MOLENAER (Jean)

26 — Intérieur de cabaret.

Signé en bas.

B. — H., 0,245. L., 0,20.

MOLYN (Pierre dit *Tempesta*)

27 — La Tempête. Marine.

T. — H., 0,31. L., 0,47.

NEYTS (Gilles)

28 — Vue de Dinant, près Namur. Paysage avec figures.

Signé à droite et daté 1661.

T. — H., 0,62. L., 0,88.

POURBUS

29 — Portrait d'homme.

Vêtu d'un pourpoint noir, avec collerette autour du cou.

B. — H., 0,45. L., 0,35.

POTTER (P.)

?

30 — L'Étable à porcs.

B. — H., 0,23. L., 0,28.

RUYSDAEL (Salomon)

31 — Paysage, Marine. Vue prise près de Dordrecht.

Par une forte brise, une barque de pêcheurs, avec drapeau hollandais, court des bordées sur la Meuse.

Signé du monogramme sur la barque.

T. — H., 0,43. L., 0,64.

RUYSDAEL (Salomon)

32 — Le Bac. Bords de rivière. Vue prise en Hollande.

Ce tableau est peint dans la manière de Van Goyen, son maître.

B. — H., 0,49. L., 0,62.

RYCKAERT (David)

33 — Tête de vieille femme.

B. — H., 0,33. L., 0,33.

SON (Jean Van)

34 — Un Déjeuner. Nature morte.

Signé à gauche.

T. — H., 0,41. L., 0,55.

TÉNIERS (le Vieux)

35 — Le Ménétrier. Intérieur de cabaret.

B. — H., 0,24. L., 0,345.

TÉNIERS (le Jeune — Attribué à)

36 — Étude de divers animaux: Singe, Coq et Chats.

B. — H., 0,20. L., 0,155.

TÉNIERS (le Jeune — École de)

37 — L'Auberge. Paysage avec figures.

T. — H., 0,16. L., 0,23.

TÉNIERS (D'après)

38 — Intérieur de cabaret.

B. — H., 0,28. L., 0,24.

TROOST (Corneille)

39 — Le Concert.

Signé à gauche.

B. — H., 0,46. L., 0,59.

VALKENBURG (Luc Van)

40 — Village des Flandres.

Composition animée de petites figures, traitées dans la manière de Breughel le Vieux.

Signé à gauche du monogramme sur un des pilotis et daté.

B. — H., 0,23. L., 0,18.

VLIEGER (Simon de)

41 — Marine.

Par un fort coup de vent, plusieurs bâtiments hollandais croisent en vue d'un port qu'on aperçoit à l'horizon. Mer agitée.

T. — H., 0,35. L., 0,62.

ÉCOLE HOLLANDAISE

42 — Paysage. Intérieur de forêt.

A droite et à gauche, de grands arbres ; sur la route, au second plan, des cavaliers.

Ciel nuageux.

B. — H., 0,83. L., 0,60.

ÉCOLE HOLLANDAISE

43 — Paysage.

Au premier plan, plusieurs paysans sont arrêtés sur une route, ombragée de grands arbres, à travers lesquels on aperçoit un château et diverses habitations.

T. — H., 0,89. L., 1,14.

ÉCOLE HOLLANDAISE

44 — Le Chemin de halage. Paysage.

Au premier plan, on voit sur la rivière des anciens bateaux de voyage qu'on nommait *trekshuyt*.

Ce petit tableau, d'une exécution si sincère, a été attribué à Ésaias van de Velde.

T. — H., 0,185. L., 0,56.

45 — Sous ce numéro les tableaux non catalogués.

9252. — BOURLOTON. — Imprimeries réunies, A, rue Mignon, 2, Paris.

www.ingramcontent.com/pod-product-compliance
Ingram Content Group UK Ltd.
Pitfield, Milton Keynes, MK11 3LW, UK
UKHW020227180726
13838UKWH00005B/2236